古今琉球風物歌集

湊 禎佳
SOU TEIKA

七月堂

古今琉球風物歌集

湊 禎佳

七月堂

目次

古今琉球風物歌集

Ⅰ　天のことぶれ

太陽《てぃだ》、景仰

東方《あがるゐ》の渡海の涯には太陽《てぃだ》が穴　まばゆきいのちけふも燃え立つ

明け方の洞穴《がま》にうごめく太陽《てぃだ》のひな　名残の月はしづかに去れかし

あけもどろ猛るいのちの羽ひろげ地天を焼くがに鳳凰の生《あ》る
（あけもどろ＝明け方の美しく荘厳な様子）

ふり仰ぐそらに御日《うてぃだ》の燦々とひかりあまねく天地あかるむ

みなぎらふ青の霊威は真昼間にぎらつくほのほの猛威と化せり

海原ははるけき夢路ぞゆくゆくと見よや水天は青藍のきはみ

舞ひ上がる朱雀の羽ぶき　南来の風の誘ひに青龍が翔る

突き抜ける天の底方《そこゐ》に落ちるがにわがまなざしは紺藍の向かふに

うすれゆく太陽《てぃだ》のひかりは夕星《ゆふづつ》のまたたく際にか海に溶け入る

碧落の尽きなき日霊《ひるめ》の目くるめく　夜は海月《かいげつ》　波にかがよふ

夜ふね、波路

落照の雲はあかねに見映えよく見はてぬ空に金のすぢ曳く

港江《みなとえ》のけしきしづかに夕暮れて遠のくひかり朱にうつろふ

ぽっつりと天にあかるむ宵の星　波立つひかり　太陽《てぃだ》逝く際の

波音にとろめく船路　宵月につぶやくやうに露礁かげろふ

夜ふね漕がれゆく　水沫うれはしき　こころゆれまどふ　ゆくらゆくら

星は満天に　月映えの海面《うなも》　風にたをやかに　皺む波音《なみと》

宵月の金波ゆらし鳴りしきる　目に見えぬ風　遠音《とほね》さやかに

星夜、沈思

りんりんと原野《はらの》に虫がしきり鳴く星を招ぶがに冴えとほるかな

おしみなく星よ久遠のきらめきを虫の鳴く夜は地にもふりまけ

こひねがふ星の宿りは透き影のかがよふさだめ夜々に漏れふる

銀漢の星羅ほがらにさんざめく　元気あまねく天にも地にも

漆黒のそらにけざやぐ星辰の寄り合ふひかり蒔絵とぞみまがふ

遠ざかる星斗かがよふ来し方のあかりは今宵も青らみてある

いにしへの深奥の星は最果てに遠のくひかり　赤にうつろふ

流れ星　天の星河をはるばると往き交ふひかり闇を突き切る

音はなく触れもなきまま忽然とひらめく星の疾《と》く燃え尽けり

仰ぎ見る星夜瞬失　中天に火炎ひらめき戦野あかるむ

月夜、哀切

波上宮《なんみんぐう》の崖端《はんた》に寄せる海鳴りのしらべ迎へむ　はるけきみおやを

こつねんと忌辰《きしん》の夜にそよろ鳴く葉擦れうれしき　拝みまゐらむ

さ夜ふけに念《おも》ひ凝らさばたまさかにわが言の葉にみおや訪《おとな》ふ

しんみりと夜半に斎宮《いつき》の玉砂利の頻《しき》鳴く闇路をひとり巡らふ

天の川　波立つ雲間に月の舟　寄り添ふ思ひ星合ひの岸に

しんしんと礁湖に差し添ふ月あかり　風の吐息に夜凪かがよふ

てのひらの御水《みもひ》を呑み干しふり仰ぐ天の孤月はさも切なげに

まさやかに月よ戦野にある骨と血肉を照らせ　残る怨みを

燃え残るかばねは怨みをいくさ場に惜しむがごとく烟らせつるか

硝煙のにほひ立ち込む月映えのけしき苦しや　死屍散る原の

月かげり真夜に　群星《むりぶし》のけやか　いくさ場よあかれ　死に身燃やし

Ⅱ　いのち、さやかに

花の歌

思ひくれなひの　花ごころ息吹く　なでさする風に　デイゴ笑まふ

風そよぐ小庭に散らふ花の舞ひ匂ひひらひらいかでか嗅がばや

葉漏れ日は水やる花芽にかそけくも虹をせつなに咲《ゑ》まわせつるか

月桃の白き花穂が咲きこぼる　さざめく初夏の風を薫らせ

火焔木　総身に笑みの朱に燃ゆ　花香へいざなふ蝶に焦がれつつ

大胡蝶　品をやるがに風に舞ふ　落花のはじらひ蝶にふり撒き
（大胡蝶＝赤や黄の花をつける南国樹木）

はるばると樹冠に群れ咲く赤き花　鳳凰木ははなやぐ街路に

見はるかす山は春季の綾衣　赤芽のツツジは白斑《しらふ》の羽織りと

木漏れ日にそっとかざさむ指先のユウナの花びら小風にふるふ

赤みさす白き四弁花　千の蕊《しべ》　池畔かぐはしサガリバナ散る

（サガリバナ＝湿地に自生する南国高木）

ちりちりと線香花火の空《くう》に爆づ　地にサガリバナ火映りのやう

ぽつねんと戦野に百合が凛と咲く　茎葉すっくと花をいただく

草木の歌

ガジュマルの天を遮る枝ぶりと葉むらの暗がり　ふと蝶の舞ふ

糸芭蕉を紡ぎ織りてし蝉衣《せみごろも》　肌身にまとへ　こころ透くもがな

浜潮樹《ハマスウキ》の蔭でやすらふ　しづけさは夕暮れ時の風のさきぶれ

山々に地息かがよふ朝明けに目覚むる古樹の吐息かぐはし

ひと知れず野藪に沁みでる埋もれ水　かそけき潤み朽ち葉つやめく

生ひ末に萌ゆる若芽のかりそめにいづへにかあるまほら兆すも

アダン樹の藪に差し込む夕日影　葉陰の蟹は干からびてをり

清明祭《しいみい》の墓苑のつどひに真南風吹く　なごやぐ日差し緑樹さらめく

触れもなく樹々をなびかす熱き風　火柱あがる大森《うふむゐ》が燃ゆ

ガジュマルの樹肌にみにくき弾の痕　怨みの樹液の滲みてあるか

オヒルギの樹林と汽水　引き潮にかばね累々五月蠅《さばへ》さわぐも

モクマオウの林に散らばる骨と肉　敵味方なき戦野のけしきに

虫の歌

アヲバハゴロモの　ほの霧らふ翅は　四有《しう》の際なき　いのち震ふ

思ひ凪ぐ池畔の夕べに聴き澄ます蟬の翅音に意識とほのく

アメンバウ　光るみなもに身を投ぐる羽虫を襲ふ　いのちを継ぐがに

波かぶるテトラポットにへばりつく健気な小蟹　フジツボのやうに

龍潭のみぎはに沸き立つテラピアの背鰭きらめく　滾るいのちの

常夜灯に寄りつくやもり電熱でほそ身をあたたむ　脈搏ついのちを

青蜥蜴の波打つ腹のリズムよし　酷暑の昼にへばる風なく

ちゅら福木に木登蜥蜴と青蜥蜴　炎暑の出逢ひ一触即発

軍営の車道をうじゃうじゃ這ひまはるアフリカマヒマヒ角突き踊れ

板塀の朽ち目に集《たか》り喰ひ散らすヤンバルムシよ兵舎にあふれよ

かはづの歌

遠かはづ夏の朝明にしきり鳴く　名残りの夜を惜しむごとくに

うりづんに生《あ》れて水田《みずた》に沸き返るかはづのいのち森羅に響《とよ》もす

田芋《たあうむ》の水田《みずた》のかはづの這ひ巡り　畔《あぶし》やあまくま陸《あぎ》デビューやがやあ
（あまくま＝あちこち／～やがやあ＝～なのだろうか）

田芋の葉っぱに蓄ふなつぃぐりの不意の落水　かはづはしゃぐも
（なつぃぐり＝夏のにわか雨）

つはぶきの葉陰を宿りに雨蛙　霖《ながめ》のけしきのうれしかるべし

ぽつぽつと片葉《かきは》に言問ふ雨しづく　かはづの傘は汝《なれ》かと訊くがに

ぐわっぐわっと水田のかはづ天に鳴く　雷雨どよめく薄暮にひらめく

西ぞらの雨に交じらふ遠雷にそぐはぬひらめき　かはづ鳴きやむ

ひゅるひゅると荒ぶるひかり野に山に　畦が火を噴く水田吹き飛ぶ

をちこちの池に寄りつく沼蛙　戦野の産卵　砲弾池にも

ヤゴが棲みイモリがひそむにはか池　おたまじゃくしは卵塊に生《あ》る

うりづんの雨ににぎはふ青蛙　いのちぶくぶく泡巣にくるまる

田水沸く夏の日差しと火の雨にぢりぢり焼かれて池は泥土に

梅雨明けの砲弾池は水枯れに　おたまじゃくしは死に絶えにけり

Ⅲ

戦世《いくさゆ》、幻視

鉄の暴風

芙蓉の葉ゆらす御風にみんなみの危ふきしらせ　こころ騒ぐも

小止みなき風にざわつくガジュマルの絶えなき咽び　葉擦れに怯ゆ

音もなく遠《をち》かたはるかにひらめくは　天の雷火か海の火の手か

ただよへる死児は岸辺に寄するなく死ねぬみたまは父母を呼ばふ

うなそこの疎開船のふなぞこの幼きみたまは浮かばるるなく

流れ藻は海にただよふ月に映ゆ　水漬くかばねにそっと寄り添ひ

海原をさまよふ影は寄る辺なき喪船にあらぬか　死児積む船の

沖あひの蜃《しん》が気を吐く大空にかげろふけしき　燃ゆる焦土の

朝まだき慶良間の海の波が哭く　島門切り裂く艦隊《ふね》に悶えつつ

遠来の五十四万のまらうどは　山羊眼《ふぃいいじゃあみい》と鉄の嵐と

（ふぃいいじゃあみい＝白人米兵）

沖つ波　火を吐くふねの幾千もの響《とよ》もすひかり郷里《しま》を微塵に

をちこちの御嶽《うたき》に集落《しま》にと途切れなく荒立つ火柱きのふもけふも

遠寄せに沖ゆ迫り来る風と波　海山空にほのほ逆巻く

吹きすさぶ風の熱《いきれ》はくろがねの憎悪の猛りもろびとを薙ぐ

艦砲のとどろき集落《しま》が砕け散る阿鼻の地獄に生き身吹き飛ぶ

逃げまどふ母子をおそふ鉄の風　背《せな》の産《な》し子《ぐぁ》の泣き声途絶ゆ

なつぞらの下

なつぞらに群れ飛ぶトンボの急降下　ぎらつく腹と火を吹く翅とで

哭き叫ぶ洞穴《がま》へ熱波のとぐろなす闇にひらめく火はも牙剥く

弾喰らひのたくる末期の泥だるま　花にて生《あ》れよ萌ゆる日のあれ

梅雨時に島は泥と血と肉の修羅のちまたに　御万人《うまんちゅ》の死地に

日照り雨　戦地を腹這ふささら水　乾きし血を溶く死に身を洗ふ

夏の野ににほふ　いくさ場のかばね　煮えたぎる蛆は　屍肉ちらし

焼け野原　死地のかばねに集《たか》る蠅　血の黒沼の臭気に噎せるも

しるべなき野末の沢の忘れ水　たそ往《い》に伏ししか羽虫さわぎをり

苦き世の夢もうつつもいくさ場の消えぬけしきに　残されし者の

Ⅳ　アメリカ世《ゆ》

那覇の街ブルース

復興の水路巡らす　結《ゆ》ひまはる　水上店舗は夢のにぎはひ

切りもなく工事のたびに不発弾　目抜き通りは退避またもや

またしても泥酔米兵島人《しまんちゅ》をアメ車でひしぐ　横断歩道の

下手くそなしらべ悲しきハーモニカ　包帯ぐる巻き傷痍の口に

道ばたのこころふるはすファルセット　流れの唄者の奄美の島唄

青い眼のアメラジアンの鞄売り　達者な呼び込み　母の島口
（アメラジアン＝米軍人・軍属との混血児）

「アイスクリン」と炎暑の通りの呼び売りは氷保つ間に行きつ戻りつ

けふもいる中国人の宝石商　あやしき売り声きらめく訛りと

金細工《かんぜえく》　ふうちょおぱんちょおかんかかかん　火の粉と小鎚は簪《じぃふぁあ》の舞ひよ
（ふうちょおぱんちょお＝鞴《ふいご》（通例「ふうち」、鞴による火熾しの音とも）

ほんのりと臭ふ漆器《ぬいむん》　豚血とクチャの下塗りデイゴの盆に
（クチャ＝泥岩粉、桐油も混ぜて用いる）

店先の一筆龍のパフォーマンス　たくみな筆圧　蛇体うねくる

ジャーガルをひた揉む指の手際よく姿見る間にくびれととのふ

（ジャーガル＝泥岩風化土。赤土と混ぜて作陶に用いる）

甘酸っぱい匂ひ立ちこむヤマモモの売り場は春の陽射しにぎはふ

猫街ラプソディ

のっそりと猫ら見上ぐる大空に群れ飛ぶ幽鬼《ファントム》　耳をつんざく

けふもまた夕映えの空に訓練機　街の風物　機影ゆき交ふ

陽だまりにふんぞり返る盛り場の猫ふてぶてし　顔役ふぜいに

夕涼みにまどろむ猫らに艶話　わやあおわやあと声色づかひに

寄る辺なく酒場に居つく野猫にも春は盛りの季節めぐれり

あめつちが情けを交はす春の宵　尾を立て寄りあふ路地の猫らも

陽が落ちて辻のどこぞゆ猫どもは今宵もぞろりと集ひてあるか

街中で丸太のような二の腕をこれ見よがしに米兵のうろつく

USCAR《ユースカー》の軍警《エムピー》今宵も米兵の安全確保にジープで巡らふ
（USCAR＝琉球列島米国民政府）

Aサイン・バーにしけこむ海兵隊　ドル札ばらまく出征前夜に
（Aサイン＝米軍公認の営業許可証）

黒眼鏡のおぢいのぽん引き米兵をいざなふ一夜のメロウタイムに

裏路地のちょんの間の猫追い散らすおぢいの英語ににやつく米兵

酔ひどれの宵の酒盛り道ばたにふり撒くつまみに野猫むらがる

酔っぱらひ誰を相手にくだを巻く　ぐでんぐでんに猫じゃらしつつ

路地裏のどぶに湯気たつ店じまひ猫ら待ちわぶ厨房《くりや》の戸口に

抜け路地で身重の猫がしきり鳴く残飯ねだりにきのふもけふも

黒猫の妊婦は腹をすかしをり　餓ゑと渇きにか泥水を嘗《な》む

真夜中に猫ら落ちあふガジュマルの古樹の溜まり場　月まんまるに

ガジュマルの根瘤に丸まる白き猫　地より出でたる精霊《むん》のごとある

白き猫　飼ひ猫野猫　黒き猫　月下にわやあおと狂《ふ》れて浮き浮き

むせかへる臭気も汚水も吐瀉物も　血肉に変はれ　猫のいのちの

飛び入りの酔漢おぢいの千鳥足　反吐と酒舞ひ　猫らたぢろぐ

身寄りなきおぢいは今夜もぐでぐでに孤りしょんぼり裏地で立ちしょん

石塀の焦げ目と弾痕　なみだ目のおぢいの男根　放尿しゃあしゃあ

今はなき子どもと孫と女房は　壁の焦げ目に　戦世《いくさゆ》の痕に

酔兵の奇声飛びかふ特飲街　ネオン妖しき OFF-LIMITS の路地
（OFF-LIMITS＝米兵立入り禁止措置）

路地奥の黒人兵らが入りびたる酒場に迷ひし白人リンチに

虚ろ目の出征兵士がぷうと吹く妖しきけむり　猫へろへろに

ヴェトナムの散逸五体を継ぎ洗ふ島人《しまんちゅ》の稼ぎ酒と大麻に

生還兵やけ飲み泥酔　管外の集落《しま》で吼え哭く　母と娘おびゆ

赤錆の吊りガスボンベを打ち鳴らす警鐘ぐわんぐわん酔兵狂へりと

ご不浄の小窓にしらじら夜のあけて真夜のうたげは今おひらきに

しののめの明くれば軍警《エムピー》ジープにてガムを噛み噛み酔兵を拾ふ

酔漢はあらかた潰れて高いびき　赤らむ夜明け　街は眠りに

朝がへり　街はしづかに閑散と　人っ子まばらに猫らほっつく

涼風は朝日に付き添ひちょんの間ののれんをくぐる　漏れ陽ゆらめく

今朝もまた客を見送り店じまひ　ふとんに陽だまり　シーツ打ち振る

朝戸開け　親猫ほっこり日向ぼこ　子猫ぴょこんと慌て飛び退く

黒子猫　黒ぶち子猫　白子猫　跳ねよひょこひょこ路地の奥から

V

米和ぬ世《ゆ》

辺野古奇観

辺野古崎　抜ける青空オスプレイ　土砂にうづもるラグーンを眼下に

途切れなくラグーンにがらがら土砂が降る　高まる音圧ジュゴン逃げ去る

忙しなく行き交ふ石材運搬車　キャンプシュワブに怒り滾るも
（キャンプシュワブ＝辺野古にある米軍基地）

ぢりぢりと三百幾十万台のダンプが葬る千代のいのちかも

海よ哭け　土砂と石材他県より　ひかりの埋葬　珊瑚は冥土に

小笠原・屋久島しのぐ大浦湾の生物群系　安保の供犠に

寄る辺なく入り江をさまよふ海亀の産卵場所はも護岸の向かふに

アジサシの繁殖地とふシュワブ岩　網をかぶさる　離陸のじゃまだと
（シュワブ岩＝辺野古埋立予定地内の岩礁）

滑走路は軟弱地盤の蜃気楼　ラグーンに新基地?　夢のまた夢

願はくば天のひかりでむくむくと造礁珊瑚よ護岸にあふれよ

しゅくしゅくと土砂投入の止め処なく　海神《うんじゃみ》追はれり問答無用に

ゲート前に根を生やしある国民を引き抜く県警　根菜採るがに

幾重もの国のバリアー踏み越えて辺野古ブルーは護岸に向かふ
（辺野古ブルー＝大浦湾を護るため海に漕ぎ出す市民たち）

いざ救命と海保庁のゴムボート　カヌーぶっ飛ぶ市民もろとも

すわ海難と転落市民を羽交い締め　救命よそひっつ反基地制裁？

ちっぽけな辺野古ブルーのカヌー隊　これを拿捕とは？　海保の仕事？

珊瑚礁に墜落大破のオスプレイ　此は不時着と威張る米軍

自衛艦威圧するがに沖あひより護岸への係船ためつすがめつ

米和残念

やんばるの小道に無理くりトラックの刻みし轍　砂ぼこり舞ふ

奥山にいかなる鳥の巣づくりか　森林伐採　イタジイが哭く
（イタジイ＝やんばるの山々を覆ふブナ科の常緑広葉樹）

山あひにひよひよ鳴くひな迷い道　親鳥クヒナは車道に息絶ゆ

しとしとと樹雨《きさめ》したたる林間にクヒナぽつんと濡れそぼる見ゆ

天空をそれは大きな影がゆく　核搭載の黒い怪鳥《けてう》の

空をおほふ砦のやうな黒き鳥　世界をかげらす爆音《ひめき》とどろに
ぐるるると眠りを引き裂く唸り声　夜の憂鬱　回転翼の
常葉《とこは》なす林地に散らばる訓練弾　ヘリパッド跡には枯れ葉剤はも
（ヘリパッド＝軍用ヘリコプターの簡易離着陸場）

大森《うふむゐ》の爽気を穿つ尖り声　ひゅんひゅん鳴き交ふ鉄の鳥かも

たまゆらに葉音そよめく大森《うふむゐ》にひそまる木霊よ今し音聲《おとな》へ

新基地は国民のため国のため　断捨離オキナハいづこの国やら

島グルメに米軍隊の炊き合はせ　味蕾をそこなふ四軍丼なり
（四軍＝米国の陸・海・空軍及び海兵隊）

ふるさとの海山いくさの標的に　返還基地跡　資本の射的に

琉球米軍司令部《ライカム》の跡地にいづこの国のやら砦のやうなショッピングモール

Ⅵ　死生の際に

父、哀惜

はるばるとみおやは能登の宇出津《うしつ》よりニシンに沸き立つ積丹《しゃこたん》の海へ

うらうらと日差しやさしき夏集落《サクコタン》　父のふるさと　赤崖《フレピラ》の海
（サクコタンとフレピラはアイヌ語、今の積丹半島と古平町）

わが父が職人修行をせし小樽　電気館街　雪あかり映ゆ
（電気館＝映画館、最盛期の小樽を象徴する一つ）

新米の父はベテラン職人に引けをとるなく仕事しやれりとふ

順風の然《さ》もなき青春　是非もなき教育招集　軍都旭川へ

ふるさとに帰る間もなくわが父に臨時招集　朔北の地へ

極寒の満州マイナス四十度　月下の歩哨に吐息あかるむ

対ソ戦せまる日夜の訓練下　野砲兵聯隊しばし事なく

時ならぬ動員下令　南方へ　兵は船積み見知らぬ海へ

うるはしき翠玉の海に憩ふなく父は異郷の劫火に呑まれり

敵軍の三方攻撃　父ら持す運玉森《うんたまむゐ》の要塞の落つ

策尽きて持久戦術犬死に　軍民共死と玉砕の美名に

照明弾・銃弾飛び交ふ逃れ道　ひとりふたりと戦友の消ゆ

逃れはて崖より転落　さいはひに父はいのちを樹々に拾はる

水筒に残りし水で溶く味噌のひと欠けぽっつり　戦野の馳走に

珊瑚礁の水に浸かりつつ孤りゆく月なき夜の決死の逃亡

なりすまし引き揚げよそほふ敗残兵の父久米島へ　にはか島人《しまんちゅ》に

空き缶とマヨネーズ瓶とで語り種　島にあかりを　父のランプは

三回忌のあとに父より便りあり　ふるさと仰天　骨壺の礫《こいし》も

見ぬ祖母の怒りと嘆きの如何ばかり　米治世下の息子の運命《さだめ》に

孵卵器にひよこひよひよあふれ出づ　サーモスタット　父が手わざの

ひよこ売りの儲けを元手に職人のなりはひと子育て　郷里とほのく

いくさ場で被弾せし腕のさらばえて老斑にまぎれし傷痕せつなし

病室を抜け出し茶店にわれとある父アイスクリームに破顔一笑

米兵の少女暴行にいきり立つ巷をよそに父と語らふ

戦世《いくさゆ》の地獄を永らへ戦後へと繋ぎしいのち病に奪はる

惜しみなき家族への愛　思へらく父は異郷に身まかりにけり

おとうと、逝く

旅先におとうと危篤のしらせあり胸は堪へなき早鐘を撞く

おとうとはわれの携帯番号を昏睡まぎはに伝へしといふ

心筋にウイルス憑きたるおとうとの臓器あまねく動き止みたり

おとうとはわが呼びかけに頷くも喉ふるへなく相槌はなく

透析機　真夜の響きのたゆみなく　奇跡ひとへにこれに託さむ

カテーテルに願ひひとすぢ血を送る人工心肺にいのち継がしむ

おとうとは祈り甲斐なく尽き果てり　生き血の循環《めぐり》途切る間もなく

まなじりを伝はる涙はおとうとの訣辞となりしか　声聞かなくに

心電図の波形のぴきりピイーと哭く胸を裂くがにおとうとの逝く

狂ほしく兄はやすらをこひねがふ去りゆくみたまの声惜しみつつ

骨壺は膝へと思ひの丈しづむ　みたまはそらに故郷《しま》への空路に

ゆれまどふこころは何処にある空の雲はちぎれて思ひ裂かれて

おとうとよともに辿らむ父母の待ちわぶ家路　珊瑚の島の

父よ此は母に先立つおとうとの遺骨…託さむ親《うや》ぬ懐中《ふちゅくる》に

おとうとよ父のゆかりの運玉森《うんたまむゐ》をかしこに望める此処にやすらへ

みなもに映らふ

みなそこに映ゆる水沫の影ゆれて波のまにまに砂地さするも

やるせなき思ひはみなもにみなそこに　みたまかげろふ　ただよふ藻屑と

あてもなくさまよふやうなそのけはひ　みなものゆらぎに和みてあるか

ちゃぷちゃぷと風に添ひてし波の音　ひそかに訪《おとな》ふたまの声かも

吹きつのる風に　ゆれまどふみなも　哭きやまぬ波音《なみと》　寄する岸辺

井泉《かあ》の底にゆらめくみなも　水あかり　汲めど尽きなく湧くいのちかも

水よまさやかに　さ鳴れひそやかに　あかれとことはの　夢をちぎり

ゆくへ悟り知る　つゆの世のえにし　尽きしなき人の　青の死生

母と

ほっこりと日差しやさしき八つ時にうれひをむねに母と語らふ

てのひらのチョコのかほりに目をほそむ母の老ひらく今日も然《さ》もなく

おとうとの逝くを知るなくわが母は便りはなきかと頻り問ふなり

おとうとはシンガポールへ栄転と祝ふふりしつつ答ふるぞ悲しき

母はふとなにもなきかに笑まひけり　おとうと栄転の真意を知るなく

わが血筋はかつて栄へし一族ぞと　母はやにはに勇みとなへり

家嫡より末弟までの十一名　母は幾度もそらんじみせたり

黄斑を病みしひとみの奥処にはおさなき日々はも鮮やかなるか

窓越しの薄日はやさしく病室にやすらふ母をなでさするかな

触れなくも去《い》ぬるまぎはの息の緒にわれはひとへに祈りてぞある

わが母は今し天寿をしまひけり　ほうっとちひさき吐息のあとに

盆会

みあかしを父と母とおとうとに　御迎雑炊《うんけえじゅうしい》　御香そはしむ

（うんけえじゅうしい＝お盆初日に供へる膳）

戒名は位牌に三筆　尊御前《とおとぅめえ》にわれぽつねんと　御迎《うんけ》えの夕に

御送《ううく》いの宵に　親戚《いぇえかんちゅ》つどふ　亡き影よ此処に　香にゆらへ

盆提灯　まはる影絵とまじらふは　皆の団欒《ゆんたく》　宵のにぎはひ

さ夜更けてみおやの御送《ううく》い　お供へを下げ奉らむ「うさんでえさびら」と
（うさんでえさびら＝「お下げいたしましょう」）

燃ゆる紙銭《かびじん》と　香煙にたくす　後生《ぐしやう》への祈り　みたま送り

仏壇の供花《くげ》のひとひら不意に落つ　ひそかに擦《かす》る御香炉《うかうろ》の肌に

尊御前《とおとうめえ》にひとり寝覚むる真夜中に思ひは堪へなき胸の杞憂に

思ひ、夢

こんこんと湧き出づるいのち産井泉《うぶがあ》の一葉をしるべに水占《みなうら》をせむ

せせらぎに縒《よ》れて謎掛く水の音さへづるやうになにを告ぐらむ

夕風にやすらぐ妻のかんばせはあかねに色ふ　ひと日暮れなむ

星砂のちひさき二粒てのひらにいのちのひかり…ほのめくやうに

わが思ひ夢の　緑蔭をくぐる　森の片道に　吾子を迎ふ

ほたる籠　脈打つあかり　その腹にそっと触れなむ指の腹にて

月ゆらふ夜凪のひかりひとすぢに　とどけ産《な》し子《ぐぁ》に　妻のかひなに

ちゅんちゅんとおどけ舞ふ子の両そでの羽ぶき忙しも小首愛しも

手をあはせひらく愛し子てのひらを天にかかげり空ゆくやうに

浜かける吾子の　はづむ声とはに　世々にあめつちに　海に山に

Ⅶ

神《かん》ぬ世《ゆ》、夢譚

肉色の宵

暮れなづむ空にほんのり肉色の血の気ひくがに夜気の沁み出づ

たかぞらに青を残して夕景色　蛾《はべる》よ飛び交へ夜をたぐりつつ

夢そよぐ野らに　夜の気がうるむ　ぴいぴいと風は　やみをひ裂く

畔の草ふるふ　小きざみにふるふ　野風やむ真夜に　なぜにふるふ

風に舞ふこづゑの葉より枝垂れの葉　川面切るがに葉先ふるへり

甘蔗の根に幽鬼赤らむ青鈍《あおにび》の水霧うづまく宵の色みに

踏みしめる泥と草木は大森《うふむゐ》の剥き出だされし肉と骨かも

沁み出づる森の体液　地の吐息　蛾《はべる》の飛びあと黄泉路《よみじ》をなぞる

たまさかに雲にひかりの花が咲く　月涯《はて》に吹く風のあかるさ

颶風《ぐふう》、龍神

南海のそらに異貌の雲がわく　雷火ひらめく龍神が吼ゆ

聳え立つ雲を切り裂く龍神のとどろく哮り　海面《うなも》逆巻く

天と地を往き交ふ風は龍神のあふるる力　飛雲ひきゐる

うなばらを燃ゆるはがねの龍がゆく　煽る荒波　みなも煮え立つ

ざんぶりと龍神入水　大波は燃え立つ島の戦火を消すがに

はるばると海をうねくる龍神の蛇体ぎらつく鱗きらめく

青の霊威

太陽《てぃだ》が花をふり撒くひかり　不意の風　きらめく海面《うなも》にドミノのさざ波

遠洋《とほなだ》の入道雲にくわんくわんとひかりの返礼　風の供物への

旱天にしぶく潮《うしほ》の水が干《ひ》る　真塩《まあす》の落下　毒牙のきらめき

みなそこの砂は陽射しに誘われて青の色みを醸し出すかも

透明なみなもにゆらめく白骨と珊瑚をひかりは一つに見そなふ

浦磯のとろめく昼に青に坐《いま》す　海凪ぎ渡り舟ゆれるなく

炎天の磯の陽射しに岩棚のわが身ちりちりいのち焦がさる

真昼間にうだる浜江の時間《とき》ゆるむ　気だるくはるけき島弧の眠りへ

かりゆしの霊威ゆき交ふみなぎらふ　琉球諸島よ青にかがよへ

（かりゆし＝めでたきこと、よきこと）

風の葬《はぶ》り

洞穴墓《がまばか》の淡き漏れ日に風が添ふ　死に身の血肉しづかに干からぶ

岩陰にやすらふ骨は夕凪のかなたの潮路に思ひを馳せぬか

たそがれに琥珀色めく頭骨の波音になごやぐ風の葬《はぶ》りかな

相思樹の小花　はらはらり洞穴《がま》へ　骨甕の肌《はだへ》　黄みが擦《かす》る

落照の緋色に燃ゆる西《いり》ぬ方《ふぁ》のそらは後生《ぐしやう》の夕景にてあるかも

波ぎはのかばね　さざれ砂かぶる　ニライ遠鳴りに　死穢をみそぐ
（ニライ＝琉球弧で信じられている他界。ニライカナイとも）

みなそこのかばね砂地にゆれまどふ　みなもにきらめく供花《くげ》の藻屑と

夕波に太陽《てぃだ》の金杯銀杯を授かる死に身　はれてニライへ

ニライ、遥拝

太陽《てぃだ》が穴彼方《あがた》　ニライ底此方《すくくがた》　東方《あがるゐ》ぬふぃちゃい　孵《す》でぃし拝《うが》ま

（ふぃちゃい＝光）

てぃだよきらやかに　出でよ金色の　羽ぶきはるばると　地天ゆらし

てぃだの羽ばたきは　鳳凰の元気　ゆれなびくそらを　翔けるひかり

てぃだが照り映やす　にじの挿し櫛や　海面《うなも》梳くしらべ　スクの水馴《みな》れ
（スク＝アイゴの稚魚）

映え渡るてぃだぬ　産《な》し子《ぐぁ》。海神《うんじゃみ》ぬ　孵《す》でぃてぃ礁湖《いのぉ》んかい　寄《ゆ》してぃ美《ちゅ》らさ

てぃだの染め柄は　透き色の珊瑚沙《うるか》　青波をくぐる　魚群《なむら》透かし
幸魂《さきたま》がしらぶ　波音《なみと》。海神《うんじゃみ》ぬ　スクよ太陽羽《てぃだはに》よ　さ鳴りさ鳴れ
太陽羽《てぃだはに》のいぶき　銀波のしぶき　金波のひびき　綺羅の羽ぶき

ふぃちゃい満ち引ちゅる　礁湖《いのぉ》。海がやら　陸《あぎ》がやら、生命《ぬち》ぬ　夢《いみ》がやゆら

波ひかる磯に　とむらはるかばね　アマン群れ集《たか》り　いのち滾る

（アマン＝大やどかり）

生き死には肉の　遠声《とごえ》。ニライ霊威《しじ》　こもる清《ちゅ》ら水に　にじむ血潮

とむらひは風の　崖葬墓。かばね　きよらかに虹の　膿にまみれ
ゆめは骸骨《からふに》に　歪みゆくうつつ　腐肉喰む蟹や　魂《まぶい》孵《す》でぃてぃ
夕日夕波の　西《いり》ぬ方《ふぁ》にてぃだの　い逝くニライ渡に　青の波音

太陽が穴此方《くがた》　ニライ底《すく》巡《みぐ》ら　ふぃちゃい東方《あがるゐ》ぬ　彼方《カナイ》求《とぅ》みてぃ

あとがき

あとがき

琉歌八八八六の音数律にこだわった『綾蝶』（二〇〇三年）という作品を発表したことがある。琉球語を用いなかったので琉歌とはせず四行整いの詩集とした。その後ふつうに詩集を出したが、音節の数律や組み合わせ、文字の配置や見映えに気を配る歌づくりの妙味に惹かれ続けてきた。

この歌集は短歌をメインにし、我流琉歌を随所に置いた混成版とした。琉歌は五七五七七の短歌と音数律が違うが、八音も六音も五三・三五、三三三の奇数律を長短切り替え交互させながら、さざ波や寄せ波のようなリズムを作る。この混成によってどのような効果が生まれるか、ためつすがめつ編んでみた。無理やりでも八八八六の音数の句切りは一文字ずつあけてある。これにより短歌とは異なるしらべがあることに思い及んでいただけると幸いである。歌に琉球語の語句を盛り込むのは容易であるが、最後の「ニライ、遥拝」十五首では半端ながら琉球語で詠い切ったものもある。伝統の琉歌の表記法は採っていない。聞き慣れない琉球語の音列に小書き仮名を用いたが、雑駁になるかと思いながら和語にもそれを通した。

この十五首は『綾蝶』が縁で「相聞の会」主宰である歌人中西洋子氏のご好意により『相聞』に発表させていただいた歌に少し手を加えたものである。歌人平山良明氏（「黄金花表現の会」主宰／沖縄県歌人会代表）も『綾蝶』に興味を示され『黄金花』に何首か転載してくださった。実は氏は高校時代の担任であり、拙詩集『青い夢の、祈り』の書評を機に再会して以来、帰省時にお会いいただけるようになったのだが、その間にわたしのなかに短歌への創作欲を静かに芽生えさせてくださったように思う。この両先輩がいなかったら、この歌集はなかった。有り難い縁である。

『古今琉球風物歌集』の題は佐藤惣之助の『琉球諸嶋風物詩集』を意識したものである（風物の内容は異なるも）。小粋な都会的感性と、琉球弧への遥々とした好奇心の持ちようは、なんとも心地よかった。琉球から古代日本を巧みに透かし見るようなアプローチよりずっと心地よい。その中の「宵夏」は首里城や琉球王朝に想いを馳せて詠んだ傑作である。この作品を銘した詩歌碑が首里城近くの虎瀬公園にあるが、それは昭和三四年に川崎市民の浄財でつくられ、作者と同じ川崎市出身の人間国宝陶工濱田庄司が陶板で焼き上げたものだ。当初この詩歌碑は琉球大学キャンパス内(今の首里城公園)に設けられていたが、首里城の復元工事にともない、現在の公園に移されたのだった。もとの場所に戻す動きがあったなか、首里城が炎上した。奇しくもわたしはその翌日に帰省し、守礼の門と龍潭池から灰燼に帰した本殿の方角を望み見た(あとで間近に見る機会も得た)。その場所はかつてわたしが四年間在籍した前琉球大学の学び舎のあたりでもあったから、なんとも言いがたい喪失感に襲われた。しかし首里城は戦中を含め過去幾度も焼けては不死鳥のように蘇っている。復活を願い、冒頭の「太陽《てぃだ》、景仰」を捧げよう。さらにその彼方にいるみおやたちに祈ろう。

私事ながら、首里城炎上に前後して老朽化した実家の解体にかかわる諸手続きが済み、二十五年前に亡くなった父と、この数年で相次いで逝った弟、そして母の御坐す仏壇を転居先に移した。これは亡き三者への御供歌《ごくう》でもある。

このたびも七月堂からの刊行となったが、代表の知念明子さんと編集の鹿嶋貴彦さんには異例の回数となった校正に厚い心配りをしていただき、恐縮しきりである。倉本修氏にはわたしの心象を写し取ったような的確な装幀をデザインしていただき、感謝に堪えない。与那原恵氏と東直子氏の栞文は、どれも素晴らしい。望外の喜びとなった。さまざまな人びとが（そしてできごとも）合縁奇縁を結ぶところにこの歌集があることに思いを向けたい。七月は琉球語ではシチグヮチと発音し琉球弧では格別に重要な行事である「旧盆」を差す。その節に海の彼方からみおやたちが訪れる。さいわいと嘉例《かりー》をとどけに、琉球に。禍難にある世界《しけ》に。これに祈る。

2020・7　湊　禎佳

湊 禎佳（そうていか）

一九五三年、那覇市に生まれる。詩集『綾蝶』『青い夢の、祈り』『どこだかわからない、ここ』（七月堂）の他、本名の浜口稔で著書『言語機械の普遍幻想』（ひつじ書房）／『ことばとメディアの博物誌（仮）』（明石書店、近刊）他、翻訳にオラフ・ステープルドン『スターメイカー』（国書刊行会、ちくま文庫より新訳近刊）、ポール・ルンダ編『コードの秘密（仮）』（明石書店、近刊）他多数。「寿道行風蝶―影絵と詩とデザインの展覧会」（澁谷画廊）に詩を出品。「ふり仰ぐ明日へ―ハンセン病回復者の祈り」（那覇空港、沖縄ハンセン病市民学会への協力）、「いま、アイヌ文化を生きる」、「モレウの渦輪、アイウシの棘―アイヌ女性の文化伝承」「ふり仰ぐ明日へ―愛楽園からのメッセージ」「いのち、ひたすら―ハンセン病と絶対隔離がもたらしたこと」（明治大学図書館ギャラリー）の展示を手がける。

古今琉球風物歌集

二〇二〇年七月一日　発行

著　者　湊《そう》　禎佳《ていか》

発行者　知念　明子

発行所　七　月　堂
〒一五六―〇〇四三　東京都世田谷区松原二―二六―六
電話　〇三―三三二五―五七一七
FAX　〇三―三三二五―五七三一

印刷製本　渋谷文泉閣

ISBN 978-4-87944-402-8 C0092